AF345630

Marginales

Marginales

Vicente Muñoz Álvarez

A
José Antonio Ramos Sucre,
Joris-Karl Huysmans
y Howard Phillips Lovecraft,
aliento y faro de mi juventud.

Y a Norberto Luis Romero.

PREFACIO

Marginales es el libro inacabado de Vicente Muñoz Álvarez. Es el libro inacabado y su apuesta más personal por la literatura. *Marginales* es, contrariamente a lo que se dice de él, el libro en el que el autor leonés se muestra más desnudo, porque a través de los personajes de cada uno de los 50 relatos de este bestiario, he podido ver su alma. Porque el alma nace vacía y se colma con los años, con las experiencias vividas y con las imaginadas una vez nos posee la ficción, cuando nos forjamos como personas. En *Marginales* podemos conocer el alimento intelectual de Vicente Muñoz Álvarez en la juventud: las películas y series de televisión de su vida, sus lecturas preferidas, la música con la que dejó que el ritmo le dominase; el alimento intelectual que, en suma, ha ido fraguando su aliento y su forma de entender el mundo. Sus pensamientos recurrentes, sus fobias, las bestias que pueblan sus noches. Por eso es el libro más personal, el más literario y, a la vez, el que nos ofrece su rostro verdadero. El lector podrá conocer entre líneas los demonios que atormentan al autor leonés y reconociéndolos, como Francis Bacon reconocía al animal que habita en el hombre de sus retratos, podrá entender su literatura. Pero no olviden, queridos lectores, que *Marginales* es un libro inacabado, que serán ustedes quienes reescriban en su cabeza cada uno de los relatos y que, quizá, encuentren el espíritu inquieto del autor

allí o, quizá, sea su propia ferocidad la que se muestre. Al fin
y al cabo, amigos lectores, en esta vida todos compartimos
las mismas pesadillas.

Esteban Gutiérrez Gómez

PRÓLOGO A LA PRESENTE EDICIÓN

La versión del libro que el lector tiene ahora en sus manos es fruto de un largo proceso de reescritura que, en lo que a mí respecta, requiere una somera explicación.

Muchos de los relatos que lo integran datan del verano de 1991, momento a partir del cual fueron cobrando cuerpo y vida para una primera edición titulada *Monstruos y prodigios*, galardonada en el Certamen Letras Jóvenes de Castilla y León y publicada por la Junta, con ilustraciones de Joaquín Herrero Goas, en 1995.

Se trató, no obstante, de una versión reducida (reeditada en 2007 por Amargord Ediciones en formato de bolsillo) y ajustada en cuanto a extensión a las bases de aquel Certamen, que dejaba fuera gran parte de los relatos del libro tal y como al principio había sido concebido.

Una versión más completa del mismo, titulada *El pueblo oscuro*, se publicó en 1996 en la editorial barcelonesa Las palabras del pararrayos. Con una tirada de 200 ejemplares, el libro se agotó al poco de haber salido y se convirtió en prácticamente inencontrable.

En cualquier caso, no me satisfizo del todo en su día aquella versión, cargada de erratas tipográficas y no lo suficientemente pulida ni revisada.

A partir de entonces, algunos relatos del libro fueron incluidos en diversas antologías y revistas especializadas, quedando pendiente esa labor de reescritura que casi desde su publicación yo mismo me había propuesto.

Fue en el verano de 2005 cuando decidí finalmente volver a abordarlo. El escritor David Mardaras estaba gestionando por aquel entonces un interesante proyecto editorial (Letra Records) y me pidió un libro de relatos. Con ese pretexto me animé a reescribir desde la primera línea *El pueblo oscuro*, obteniendo, tras varias semanas de trabajo (durante un verano caluroso como pocos recuerdo), una versión bastante distinta a la original: los más de diez años transcurridos desde su gestación, el bagaje de experiencias y lecturas acumulado desde entonces, y mi propia evolución personal, cristalizaron en el presente libro, que poco tiene que ver, creo, con cualquier versión anterior. Además del propio título, modifiqué en gran parte el estilo de la primera edición, amplié el número de relatos hasta un total de cincuenta, corregí todas las erratas e imprecisiones de la misma y, muy especialmente, adapté (en la medida de lo posible) el lenguaje y el tono del texto a mi sensibilidad presente.

El libro, titulado definitivamente *Marginales*, permaneció no obstante durante más de dos años en mi cajón de inéditos, al no salir adelante la colección para la que en principio había sido reescrito, hasta que fue publicado, con ilustraciones de Mik Baro, por la editorial leonesa Eje Ediciones (posteriormente Eolas) en el año 2008.

Esta misma versión fue reeditada por Excodra Editorial en 2015, en castellano y en italiano (con traducción de Guido Micheli), y es también (sin las ilustraciones de Mik Baro, en este caso, y con algunos retoques añadidos) la que vuelve a reeditar hoy LcLibros.

En ella el lector encontrará ecos de voces para mí muy queridas: Ramos Sucre, J.K. Huysmans, H.P. Lovecratf y Norberto Luis Romero, a los que está dedicado, y Baudelaire, Rimbaud, Nerval, Poe, Paré, Machen, Blackwood, Dunsany, Yeats o Lautreamont, así como (cambiando radicalmente de registro y extremo) del cine independiente y gore, la psicodelia y el rock, el cómic, la prensa underground, la televisión y otras disciplinas tachadas como cultura pop(ular) o basura, que han sido para mi evolución personal igualmente determinantes.

En cualquier caso *Marginales*, tanto por su estilo como por su proceso de reelaboración continua, puede considerarse una rareza en mi bibliografía. Para empezar, el único libro de ficción pura (o eso quiero creer: no dejo de reconocerme una y otra vez en estas criaturas) que he publicado hasta el momento, siendo el resto de corte realista y autobiográfico. Pero sobre todo, y muy especialmente, por el tono decadente y onírico que le caracteriza, que nunca he vuelto a utilizar del mismo modo en mis libros. Un tono con el que he pretendido rendir un homenaje a algunos de mis maestros de juventud y a todo el acervo de alta y baja cultura que desde niño he ido devorando y asimilando en mi forma de entender la escritura.

Solo espero ahora que las siguientes páginas sean de vuestro agrado y os inquiete tanto leerlas como me inquietó en su día a mí escribirlas.

Vicente Muñoz Álvarez

He ahí mi universo, como yo lo he creado, como se ha mostrado en mí. Peregrino, viajero, si quieres seguirme respirarás más libre, pues en mi universo reina el desorden y en él está la libertad.

August Strindberg

INTRO

Vivimos en un mundo altamente materialista. El desarrollo, la competitividad y el tecnicismo han propiciado la transformación de nuestros usos, creencias y costumbres. Las religiones y los mitos caen vertiginosamente en el olvido, son solo el recuerdo de algo inútil que embriagó durante siglos de penumbra nuestras mentes. Y las leyendas, las supersticiones y los sueños siguen caminos paralelos.

El hombre actual es hiperactivo, escéptico y prosaico, cuando no un fracasado. Sus alas fueron cercenadas por el sueño de la razón, lo que ha convertido a unos pocos marginados en sus monstruos.

De este sincretismo surge hoy como un fénix el nuevo soñador, fruto de cenizas calcinadas y vientos corrompidos, hijo del esplín y el desencanto. Sus visiones son consecuencia del progreso que idolatran sus hermanos, síntesis de las luces de hoy y las sombras de ayer.

Porque el Saber Antiguo aún está ahí, velado por las fatuas pretensiones de la Ciencia.

Mezcla de sueños abortados y fatigas seculares, algunos disidentes conspiran todavía en lo profundo, irredentos y amenazadores, quiméricos y peligrosamente subversivos.

I

VISIONARIOS Y MALDITOS

El sueño es una segunda vida. No he podido traspasar sin temblor esas puertas de marfil o hueso que nos separan del mundo invisible.

Gerard de Nerval

EL VISIONARIO

Caminaba cabizbajo por un paraje desolado, un inmenso erial emergido de las aguas de un pantano al descender. Avanzaba lentamente mientras contemplaba acongojado el paisaje. Mis pasos resonaban sobre aquella superficie seca y cuarteada que, semejante a un gigantesco puzzle, emitía al ser pisoteada lúgubres chasquidos. El sol proyectaba destellos cegadores difuminando el perfil del yermo y a lo lejos se divisaban las ruinas de un pequeño pueblo en la planicie. Calles y casas derruidas eran ya los únicos vestigios de sus antiguos moradores. Y sentí un hondo pesar, el baldío sinsabor del desarrollo. Luego escuché sus voces lastimeras y corrí desesperado hasta que la imagen de aquel pueblo emergido se perdió en el horizonte. Entonces, acodado en una roca, descansé procurando descargar el peso de la Historia. Casualmente mi mirada recayó en un madero arrastrado por las aguas. Eran sus formas sinuosas y parecían encubrir bajo el lodo un rostro hermoso. Ya en mi casa, sosegado, comencé a extraer la imagen encubierta. Mis manos trabajaban sin esfuerzo, pero obtenían rasgos inquietantes. Luego, al terminar la talla y contemplar horrorizado su expresión, volví a escuchar los mismos gritos de agonía que me habían hecho enloquecer. Arrojé aquella máscara, con un lastre, a un pozo profundo que la engulló sin vacilar. Y desde entonces resuena incesante en mi conciencia el eco de aquel vestigio malsano del ayer.

EL DONANTE

Desperté de la anestesia siendo un hombre nuevo, sobrevolando como un fénix mis cenizas calcinadas. Mis temores se esfumaron al darme cuenta de que la operación había sido un éxito: mi enfermedad solo era un recuerdo, una pesadilla de la que entonces comenzaba a despertar. Sentía mi cuerpo, antes marchito, remozado y fuerte: mis órganos sanos, mi mente lúcida y mis extremidades asombrosamente ágiles. Lleno de entusiasmo recorrí las estancias de aquel hospital buscando el solaz de alguna voz, pero todo estaba oscuro y extrañamente silencioso. Solo una luz intermitente brillaba al fondo de la planta en que me hallaba. Caminé hacia ella sin sentir apenas las piernas, curiosamente ingrávido en aquella atmósfera opresiva. Al final del pasillo, en la última sala, docenas de vísceras y miembros amputados se alineaban sobre una mesa metálica, flotando en el interior de grandes pipetas de cristal. Casi en trance contemplé su macabro contenido, cuyo orden anatómico había sido cuidadosamente respetado: pies, piernas, testículos, estómago, riñones... y así hasta el último recipiente, donde se mecía con un suave balanceo mi cabeza seccionada. Todo había sido una ilusión. Pues mi cuerpo no era más que el reflejo de mi alma, y los que allí se almacenaban, los órganos que, ya desahuciado, había donado horas antes de morir.

EL ADICTO

Crepúsculo de terciopelo rojo y cansina ingravidez, distorsión de los objetos, decadencia y languidez bajo el eco de una carcajada... Pero ahora estoy despierto y hay montones de basura sospechosa en las esquinas de mi cuarto, utensilios de mi exigua nutrición. Apenas siento el beso del agua al contacto con mi piel, espuma de colores cambiantes e irisados. Y la calle empalagosa, que se estira y se retuerce, se duplica potenciando mi fatiga secular. Ansiedad y ansiedad. Rostros cuadrados y aritméticos, de carne inexpresiva y desleída, pasan junto a mí cual fantasmas de mis sueños. Luces de neón que explosionan en mi mente y coches de ambiguos colores y policías y putas contagiadas mientras la angustia atenaza mi estómago con un abrazo frío. Pero al fin veo el rostro hermafrodita de mi dios, entre una multitud disforme, iluminado por una aureola que oscila sobre su cabeza en la representación de un éxtasis que abrasa. Amenazas, susurros lejanos e intercambio. Y la euforia de mis venas desnutridas, que con vítores triunfales celebran una orgía hipersensible. El sórdido retrete del sórdido garito que ya se torna aséptico, mágico y sensible por momentos que tal vez fueron horas. Pero ahora el camino ya no es largo, ni sucio ni poblado de fantasmas: vuelve a ser crepuscular. Y de nuevo en mi cuarto, que ahora es regio, un orgasmo estomacal sin erección. Y el sueño y la desidia, duermevela de fantásticas visiones, de caída eterna a lo insondable de un pozo profundo que se abre y se cierra y me expulsa hacia un vacío púrpura del que no deseo despertar...

EL NECRÓFILO

De nuevo estás aquí, Pequeña, cerca, muy cerca y muy dentro de mí. Eres carne de mi carne, sangre de mi sangre, como al principio tú misma soñaste, ¿lo recuerdas? Yo jamás pude olvidarlo, Pequeña, aquel pacto y tu promesa.

Me miras altiva desde tu altar de terciopelo rojo, sensual y tentadora, tal vez sorprendida de que aún te siga amando. ¿Por qué te fuiste, por qué no me escuchaste, por qué incumpliste tu promesa? Nuestro sueño, tus proyectos, nuestra torre de cristal... Ya nada será igual, ¿no lo comprendes? Somos ídolos caídos, solamente eso.

Pero ahora estás aquí y aun demediada sigues siendo hermosa: la cascada de aguas negras de tu pelo, tus labios tentadores, tus ojos oscuros y profundos, ojos de vértigo y engaño que ya no parpadean, que me reprochan desde el frío tantas cosas...

Solo he conservado tu cabeza. Lo demás lo he devorado lentamente. Tardé tanto en encontrarte... Entre sombra y sombra, entre trago y trago te buscaba y tú no estabas... Intentaba recrear en mi mente tus palabras, aquel pacto y tu promesa: juntos, juntos, siempre unidos, un solo cuerpo y un único espíritu... ¿Lo recuerdas? Intenté olvidarte sin sufrir, ahogar mi desencanto y despertar un día y no sentirte, pero estabas ya muy dentro, Pequeña... demasiado adentro...

Ahora tu luz interior quema en mi recuerdo. Perdóname y descansa aunque no puedas dormir, aunque no puedas soñar. Descansa en mis entrañas preservada del hedor de los gusanos, del temor de la tierra y lo profundo. Apoya en mi pecho tu cascada de aguas negras y escucha los latidos que aún sustenta tu memoria. Acaricia mi sexo consumido con tus labios y procura imaginar que aún estás viva...

Yo te sigo amando.

EL LUNÁTICO

Trémulas visiones de parajes fríos, sueños de inefable languidez que oscilan simulando la danza de quimeras tristes. Y la fiebre helada de tu abrazo, que proyecta en la distancia mis sentidos hacia una cópula de cráteres profundos. Decrépitos eriales pálidos, vesánicos, decadencia nunca hollada teñida de sangre albina y pura. Silba la Némesis del frío al descender fundida en plata sobre un haz argentado. Y me posee y en su orgasmo grita: ¡DESTRUCCIÓN!

Éxtasis, sudor y muerte cuando el Sello de la Bestia abrasa. Y el espasmo rojo de la inmolación.

EL COPRÓFAGO

Era un viejo cansino y taciturno. Le veía casi todas las mañanas recogiendo en las esquinas y en los parques excrementos, su boca siempre llena de inmundicia y el aire de quien vive aislado entre el bullicio. Su expresión era lánguida y su aspecto desastrado, aunque no era ni harapiento ni mendigo. Todos en el barrio nos preguntábamos la razón que le llevaba a tal extremo y nos compadecíamos de su desgracia, procurando ocultar la aversión que nos inspiraban sus manías. A menudo pretendimos disuadirle para abandonar aquel hábito malsano, dándole limosna y ofreciéndole alimentos que él siempre rechazaba mascullando una jerga hostil. Los niños se asustaban al verle masticar aquel sustento ignominioso y huían cabizbajos a sus casas.

Durante años fue asidua en el vecindario su presencia, hasta el punto de llegar a sernos en cierto modo familiar. Pero nadie, nunca, logró sonsacarle una palabra que diera luz a su secreto.

Un día le encontramos inmóvil sobre un banco del jardín. Solo y ligero de equipaje. Sus únicas pertenencias eran el bastón que usaba como apoyo al caminar y un par de excrementos cuidadosamente envueltos en papel de periódico.

Eso es cuanto de él pudimos saber.

EL REINCIDENTE

Despertar: Amanecer sin sueños, casi sin recuerdos. Edificios arruinados, esqueletos de ciudades jóvenes, ráfagas de fuego demediando un cielo gris. Calor y sed, ardor y hiel. Niños huérfanos buscando en los escombros, sombras de iras aún candentes, confusión, abulia, hipocondría. Obreros ciegos cubriendo las fisuras, inhumando en brea cadáveres de neuronas muertas, martirizadas por la causa. Hermafroditas exhaustos sobre un lecho de flores rancias. Paredes grises, pasillo gris, universo gris. Lluvia sorda. Esputos de nubes negras y abultadas. Pájaros sin alas intentando levantar el vuelo: RE-MORDIMIENTO.

EL EXTRAÑO

Cuenta la leyenda que en el albor de nuestros días un taimado rey encarceló a los animales del espejo, obligándoles a imitar los gestos de los hombres. Dicen que la magia les robó su fuerza y su figura, reduciéndoles a meras proyecciones, reflejos deferentes y sumisos del verdugo. Y también dicen que algún día saldrán de su letargo y en el fondo del espejo sonará el fragor de sus legiones. Romperán entonces su barrera especular y esta vez sin duda vencerán, porque hoy la magia ya no existe.

Por eso siento escalofríos al mirarme en el espejo, al mover mis manos reflejadas, que tal vez me estrangulen lentamente para vengar la condena de su estirpe. Y me estremezco ante la idea de que esta misma noche, o mañana al despertar, me salude al otro lado la sonrisa abominable de un extraño.

EL DOBLE

Sucedió hace algunos días. Amaneció soleado y me puse en carretera. El destino, desconocido. Una vez más me dejé llevar. Tras un par de horas estuve en el lugar soñado. Caminaba por el valle lentamente mientras el día se iba ensombreciendo. El paisaje escarpado exaltó mis instintos ancestrales. Justo para eso estaba allí, y gozaba recreándome en la llamada de la Naturaleza. No había itinerario fijo, solo sentir y caminar, solos la montaña y yo.

La llamada no es precisa. A veces la sientes vibrar en tu interior, otras es solo un débil susurro en el viento. Con su guía, tu espíritu y el entorno se funden en un solo ser. Y en la fusión está la plenitud.

La subida era muy dura y me llevó toda la mañana coronar la cima. Pero ya en la cumbre supe que algo no había ido bien. Porque allá arriba, descansando, me esperaba mi otro yo. La misma cara, los mismos gestos y la misma sonrisa, aunque, sin duda, un alma distinta. Su rostro denotaba la perplejidad que también yo compartía. Fue entonces cuando comencé a sentir la soledad.

Desde entonces no he vuelto a escuchar ninguna voz y al fondo de mi cabeza se hace cada vez más firme la sospecha de que tal vez continúe allí sentado y lo que en este instante escribo son quimeras.

EL EXTRANJERO

Tras un largo viaje desembarqué al fin en Yillmora, la ciudad de los techos ambarinos. Descendí del Pájaro del río justo para contemplarla en el ocaso, bañada por la luz crepuscular de un sol que agonizaba en los tejados. Desde el puerto Yillmora se enseñoreaba en su hermosura, luciendo como una vanidosa dama los alminares de sus templos recortados contra el cielo. Por la gran puerta de acceso entraban y salían mercaderes que, procedentes del País de los Ensueños, intercambiaban por ámbar de Yillmora las especias de placer recolectadas en los Campos de la Aurora. En el aire flotaba el aroma de exóticos perfumes y de algún lugar fluía una melodía cadenciosa, cuyas notas me hacían de algún modo evocar las visiones de mi infancia, las que a mi pesar el tiempo se llevó. Los adultos deambulaban perezosamente por el zoco, mientras los jóvenes danzaban en las calles animados por el mismo embrujo que también a mí me cautivaba. Hasta que al caer la noche los niños regresaron a sus casas despidiendo a sus padres en las tabernas, y allí, con los mercaderes y ancianos, yo mismo escancié el vino melifluo y denso de Yillmora, cuyo fuego suaviza las pasiones. Entonces mi cabeza giró y giró en un caleidoscopio de luces trepidantes que al final se fundieron en la nada...

Aunque, desgraciadamente, estas imágenes se desvanecen siempre al despertar y la visión de los atardeceres sangrantes de Yillmora me recuerda que en el País de los Ensueños solo soy un extranjero.

EL BORRACHO

Se pierde su mirada en el vacío y su rostro refleja la estulticia. Con su estúpida sonrisa pretende inútilmente coordinar alguna frase. Tiemblan sus manos, flaquean sus piernas, pugna a cada instante por guardar el equilibrio. E intenta explicar cómo fue un lejano día alguien respetable a quien la mala suerte ahogó en alcohol. Pero súbitamente se lo impide un hipo traicionero o una carcajada que ni él logra entender. Aunque no todo sean sonrisas. Es aflictiva la resaca e insoportable la abstinencia. Dormido en un portal vio la sombra escurridiza de la Parca en forma de arácnido y reptil. Sintió deslizarse junto a él su cuerpo viscoso y pudo oler el hedor de sus fauces carroñeras. Pero escapó una vez más con su botella. Dentro aguarda el paraíso y el infierno, el orgasmo y el dolor: náyades y ondinas, vírgenes y diosas, númenes hinchados que se ahogaron hace siglos... Todos son sus compañeros y le ayudan a olvidar, cuando queman sus entrañas, que fue un lejano día alguien respetable a quien la mala suerte ahogó en alcohol.

LA VÍCTIMA

Me despierto sudoroso en mitad de la noche con la visión del frágil cuerpecillo de un anciano persiguiéndome montaña abajo, mientras corro aterrorizado mirando hacia atrás y acelerando el paso sin lograr distanciarle. No sé qué quiere de mí, pero le tengo miedo. Intuyo bajo su aparente indefensión algún peligro oculto, una especie de trampa, e intento vanamente despistarle. Salto, me deslizo, corro, resbalo y cada vez que miro atrás, pese a redoblar enloquecidamente mi esfuerzo, él sigue aproximadamente a la misma distancia, o quizás más cerca aún, como si al volver mi rostro y mirar de nuevo al frente apresurase malignamente su marcha. Un juego siniestro de simulación en el que nunca cambia de papel la víctima. Y la víctima siempre soy yo.

EL PSICÓPATA

Me acerco silencioso subiendo la escalera. Tras la puerta percibo aún sus movimientos. Y ya en el interior respiro su cálido perfume. Espero a que se duerma agazapado en el diván. Con el cloroformo pierde rápido el sentido. Y luego me desnudo junto a ella. La poseo varias veces mientras uso la cuchilla. Mi ansiedad crece al ver brotar su sangre. Y contemplo cómo va cambiando su expresión. Separo sus miembros limpiamente con la sierra. Devoro ávidamente parte de sus vísceras. Y vuelvo a poseer su cuerpo mutilado. Después comienzo con cuidado la limpieza. Cualquier indicio puede ser fatal. Y ya nunca podría volver a asesinar.

EL OPIÓMANO

Hoy la nieve se te antoja oscura y triste, extrañamente adulterada, acompasada en el silencio por lamentos muy lejanos. La observas caer tras los cristales empañados de la alcoba, suspendida de este cielo gris, vagando sin destino a lomos de la brisa. Parece gotear del techo de una mina de carbón, impura y pegajosa. Y adviertes en su caída los mismos pesares de tu espíritu, analogías y correspondencias que se escapan al alcance de tu comprensión. La danza inconexa de los copos flotando en la niebla y el aullido de sus pétalos marchitándose sobre las aceras, emulan torpemente el declive de tu alma, la agonía de ese cuerpo remiso que a veces ya no sientes, de esa carne fría que, pese a tu desidia, se obstina en reincidir.

EL SOÑADOR

Como todas las mañanas rindo hoy culto a mi Dios. Oraciones que se hacen pronto evanescentes en la atmósfera rojiza de este sórdido desván que ahora comienza a desdoblarse. El universo entero se condensa en estos cuatro muros y en el contenido de mi pipa. Lo demás ya son quimeras, retazos vaporosos de un lugar prosaico que recuerdo con horror. Hace tiempo De Quincey me convenció de lo infructuoso de la lucha: la intemperancia es más rentable. Cada día me visitan en mi cuarto númenes del gremio con los que recorro dimensiones inquietantes. De todas ellas, el País de Yann es mi predilecta. Accedo a él en el Pájaro del Río para demorarme contemplando la entrada marfileña a Perdondaris. Pero el País de los Ensueños es ilimitado: Angria, Celephais, Kadath, Polaris y cuantos dominios puedas concebir en tu delirio. Allí campan a sus anchas la Razas de la Noche. Sílfides y ondinas, cíclopes y sátiros, monstruos y prodigios te acompañan haciéndote sentir el gozo inefable del olvido. Aunque luego está el regreso. El camino va tornándose sombrío mientras se diluyen los ensueños. Pálidas estrellas iluminan el sendero que conduce a la morada terrenal y amorfas entidades esperan en sus lindes que cometas un descuido. Solo con la luz de la mañana te cercioras de que has cruzado íntegro el umbral, burlando su custodia. Entonces rezas a tu dios con gratitud y sin dudarlo te dispones a emprender otro viaje.

EL REMISO

Soy un rey en un país lluvioso, gobernante de una tierra gris, húmeda y triste, cuyas nubes se nutren de lamentos fundidos en la brisa. Un país ya viejo, distante y frío, de súbditos cansinos y lánguidos opiómanos, de horizontes lisos y regueros negros, de perros cabizbajos y sórdidos cafés. Un país oscuro y devorado por la bruma, de fuentes anegadas y mansiones azotadas por el viento, de avenidas solitarias, tapizadas de líquenes y hormigas, y cenadores invadidos por la yedra. Un país de otoño y sueño, musgoso y agotado, de quejas, bostezos y pesares mudos, de ídolos quemados y ángeles caídos. Un país que yo suelo llamar INFIERNO.

II

ELEMENTALES

Y quién sabe si no existen seres que velan por el secreto antiguo, como lo afirman las tradiciones, y que se molestan y quizás castigan al que habla acerca del mismo demasiado a la ligera.

W. B. Yeats

EL SILFO

Durante toda la mañana nos abrimos paso entre la roca y los brezales hasta alcanzar por fin la cumbre. El cielo había ido cambiando mientras ascendíamos, cubriendo su bóveda, antes limpia, de oscuros nubarrones que ensombrecían el paisaje. Avanzaban veloces sobre nuestras cabezas, impulsados por las enloquecidas ráfagas del norte. Ella contemplaba, aún jadeante, la danza de las nubes, dejando que el viento meciera a su antojo su ropa y sus cabellos, mientras a escasos metros me entregaba yo a la fascinación de aquel paisaje sin prestar atención a ninguna otra cosa. Hasta que un rugido etéreo y sibilante me rescató de mi embeleso justo en el momento en que cerraba ella sus piernas profiriendo un grito ahogado. Y sus ojos me confesaron su pavor.

Han pasado desde entonces varios meses sin que ella recupere la razón. Y mientras, me consumo yo de angustia y de impotencia a la espera del ser que a menudo oigo silbar desde su vientre.

LA NEREIDA

Desde la costa escuchábamos el arrullo de las olas al morir junto a la playa, el incansable ir y venir de la corriente del océano repitiendo mansamente su ciclo inmemorial. Mi mujer mecía entre sus brazos al hijo que hacía solo unas semanas acababa de alumbrar, susurrándole las mismas canciones que de niña sus padres le enseñaron. Recostados en la arena disfrutábamos descifrando los enigmas de esas raras formas que la espuma efímeramente traza cuando se diluye y vuelve a renacer, preservados por el calor amable de las dunas que se perdían en el horizonte. Y desde las profundidades verdinegras del abismo, cabalgando la cresta de una ola, la Nereida se abalanzó sobre mi esposa arrebatándole a nuestro hijo de sus brazos, vestida de oro y blanco e insultante en su hermosura. Impulsada por los celos, arrastró con ella a la criatura que no le fue dado concebir y se sumergió nuevamente en el océano para no emerger ya más.

Solo algunas veces, cuando el mar embravecido se encapricha jugando a su antojo con las olas, hemos creído verles asidos de la mano sobre ellas, con su larga melena disparada por la brisa, lejanos e intangibles.

LA MÉNADE

Frenéticos tambores rugen en la umbría acompasando el fragor de un canto ebrio. La ménade, extasiada, goza el desenfreno de una orgía mística y antigua, absorta en los furores del delirio y del ardiente amor de Baco. Danza lasciva en su regazo, jadeando al ritmo de su empuje, empuñando a un lado el tirso. El rostro contraído, los ojos entornados, tensos los músculos, crispado el cuello en la consumación salvaje de su entrega. Alrededor las demás bacantes bailan, acariciándose y amándose, imitando a su mentor, remedando fieramente el Arte Oscuro y consagrando una vez más el Viejo Rito.

EL ELFO

Antes de la contienda mi hermana era una muchacha hermosa y fuerte, llena de vida y juventud. Cuando regresé, en cambio, era una sombra esquiva y triste, hipersensible. Había perdido muchos kilos desde entonces y una palidez marmórea comenzaba ya a teñir su piel. Sus sueños, lejos de reparar su enervamiento, contribuían a potenciarlo, llenos de pesadillas que no se desvanecían fácilmente al despertar. Los remedios de los médicos y sacerdotes habían sido totalmente ineficaces, manifestándose su empeoramiento de un modo cada vez más alarmante. Fue entonces cuando, temiendo por su vida, decidimos acudir a la meiga del bosque.

Era una vieja fatua y desgreñada, alejada de los hombres y entregada en cuerpo y alma a su ciencia. Yo mismo fui a buscarla a la choza que habitaba en el corazón del bosque de fresnos, temido por todos en el pueblo y raramente frecuentado. Sentada junto al fuego, rodeada de pócimas y ungüentos, escuchó atentamente los síntomas de aquella fatal enfermedad que, para nuestro asombro, diagnosticó rotundamente. Aseguró que un elfo de la oscuridad visitaba a mi hermana por las noches, filtrándose en sus sueños y alimentándose de su respiración. Y aseguró también que desharía el maleficio por el único precio de llevarse al elfo en pago.

La meiga asistió a mi hermana en su lecho la noche siguiente. Pidió que la dejáramos con ella a solas y poco después salió de su estancia con el elfo prisionero en un cofre de plata. No nos permitió verlo ni accedió a revelarnos su destino. Pero desde entonces mi hermana recobró su juventud.

EL FAUNO

Del verdor y la espesura vi salir al fauno, engendrado de padre no mortal y nupcias en la umbría, pertrechado de un demiurgo hermafrodita y demediado. Su cuerpo oscilaba en una constante mutación, de carnero o roble, de arroyo o líquen, de pájaro o reptil. Y aquél espíritu disforme me inspiraba el temor que genera lo confuso, pues era la encarnación del alma del bosque, que puede ser sereno pero a la vez también sombrío. Pude comprender así la Ciencia Antigua y sentir su fuego al descorrer el velo del torrente que se oculta. Aunque, en mi osadía, hube de decir por siempre adiós a mi cordura.

LA SIRENA

A menudo los ancianos nos advertían de los peligros del mar tras el ocaso. Circulaban en la aldea extraños mitos que los jóvenes, envanecidos, considerábamos patrañas. Hablaban de criaturas del viento y de las aguas cuyos subterfugios conducían a la perdición...

La olas mecían suavemente mi barca aquella noche mientras la luna reflejaba su halo trémulo en la superficie del agua. A lo lejos se escuchaba una especie de trino que se fundía con el arrullo del mar y me acunaba en mi vigilia. Cerca de la proa flotaba ya hacía tiempo una gaviota cuyos ojos parecían controlar mis movimientos. Se me antojaban sus facciones ligeramente humanas y bajo sus plumas creía entrever el torso de una joven desnuda... Hasta que súbitamente sus alas se tornaron brazos, sus garras dedos, su pecho busto... y seducción. Me estremecí al sentir su cuerpo unirse al mío en un abrazo frío. Y aún más al sumergirme asido a ella en lo profundo, consumando en mi agonía nuestra unión.

A la mañana siguiente nos acercamos a la playa para contemplar mi cuerpo inerte, devorado por las aves y los peces. La nostalgia ensombreció mi dicha unos instantes, hasta que volví a sentir la mano firme de mi esposa, que de nuevo me guiaba a su morada cabalgando las corrientes del océano.

EL SÁTIRO

Recostado con mi pipa en el diván, contemplaba la belleza del paisaje con los ojos entornados, sin dormir pero soñando. Mi visión abarcaba un erial salpicado por los restos de una civilización perdida, y en el duermevela las formas oscilaban en distorsiones caprichosas. La yedra trepaba entre los capiteles y muros desconchados y los líquenes cubrían los mosaicos de las casas. Hasta que en la fascinación de tal paisaje vi correr, grácil y veloz, a una bacante perseguida por un sátiro. Ella era la encarnación de lo sublime, fruto del alma majestuosa del bosque. Cubría su espalda una larga cabellera rubia y en sus ojos brillaba el halo indescifrable de la divinidad. Él, en cambio, era impuro y repugnante, híbrido obsceno de bestia y humano. Una baba verdosa y hedionda colgaba de su boca, llenando de inmundicia las cerdas de su piel. Y en sus ojos parecían crepitar ardientes llamas. Pronto la alcanzó con ágiles zancadas y, tras sodomizarla brutalmente, despedazó su cuerpo y bebió a continuación su sangre.

Afortunadamente la bilis ascendió hasta mi garganta al contemplar con repulsión aquel banquete abyecto, haciéndome abrir los ojos y devolviéndome a la visión prosaica que, de la ciudad, me ofrecía en ese preciso instante mi balcón.

LA ORÉADA

El crepúsculo se desangraba en un horizonte de cimas escarpadas cuando al fin di caza al gran venado. Corrí tras él por caminos tortuosos y angostas veredas hasta que, perdida la noción del tiempo y del espacio, logré finalmente alcanzarle. Junto al arroyo la bestia yacía aún jadeante, presa de violentas convulsiones, mientras yo me regalaba con gozo su agonía. Pero al agacharme distinguí otra flecha atravesando su costado, un blanco quizás más certero aún que el mío. Entonces escuché un fiero aullido a mi espalda, un balbuceo casi humano, y al volverme pude verla unos instantes, perfilada en el ocaso, desafiante, marcial, fundido lo bello en bestia, aunque atractiva en lo biforme.

Su caricia fue imprecisa: fiebre y frío, sangre y fuego, ardor y gozo en el Bautismo de lo Antiguo. Y comprendí tras él que también la muerte es vida, la caza un sueño, y la ubicuidad del bosque mi morada.

LA DRÍADE

Amanecía en aquel frondoso hayedo cuyos límites de ensueño no me eran extraños. La escarcha cubría el paisaje con un manto cristalino, confiriendo al bosque un aire helado y espectral. Sentado sobre el tronco de un árbol caído, contemplaba la silueta sensual de un haya animada. Todas las demás estaban quietas, pero ella se contoneaba en una danza sugerente y silenciosa. Su corteza poseía la textura aterciopelada de la piel de una muchacha y la caricia de sus ramas despertaba en mí un mórbido anhelo. Poseído por una excitación febril bailé durante horas a su lado la misma danza que de niño mis ancestros me enseñaron. Y volé y gocé y sentí, hasta que con la mañana se desvanecieron mis ensueños.

Desde entonces las noches se tornaron vacías sin su luz. Hasta que algún tiempo después, a lomos de mi pipa, desperté otro amanecer en aquel bosque soñado y hallé el cuerpo mutilado de la dríade, que yacía inmóvil sobre el césped, víctima del tajo certero de algún sátiro envidioso.

LA NINFA

La conocí bajo la luz sangrante del crepúsculo otoñal. Era un atardecer desapacible y ventoso, de los que enturbian opresivamente el alma. La bruma del ocaso se arremolinaba en torbellinos a mis pies y de cuando en cuando refulgía en las tinieblas la pupila de algún ave nocturna al contemplarme. Avanzaba por el bosque hipnotizado por una melodía antigua, el mismo susurro que desde niño me parecía escuchar a menudo en mis sueños. Seguí aquel murmullo cadencioso hasta llegar a su morada junto a un lago, y allí la vi, paseando ingrávida sobre el agua. Enervado por su encanto caí rendido en sus brazos y a su lado vislumbré un mundo fascinante donde las formas adoptaban simetrías caprichosas, bañadas por una calima opalescente y granulada.

Aquella noche comprendí lo que realmente es la pasión. Pero cuando por la mañana desperté y vi que ella no estaba, sentí por dentro un insoportable vacío.

Desde entonces vago confuso por los bosques y solo algunas veces, en el humo de la pipa de mis sueños, vuelvo a verla caminando sobre las aguas cristalinas de aquel lago, mientras mece en sus brazos incorpóreos al hijo que jamás podré besar.

III

MÍSTICOS Y PROFETAS

El hombre es un animal místico: en las esferas superiores se empeña en sondear los enigmas de la ciencia. En las inferiores se deja adormecer por los sueños de la magia.

L. Sureda

EL MÍSTICO

Primero fue la vaga sensación de la larva que incansable roe. A continuación la llama abrasadora de un amor indefinido y vaporoso. Y después, tras una noche de augurios celestiales, aparecieron los estigmas, las llagas inequívocas que me revelaron el martirio del Señor. Entonces vino el éxtasis: amor y soledad, delirio y confusión, el embeleso de quien siente lo inefable, el rapto de quien no siente el dolor. Le veía ubicuo en todas partes, en las nubes y las flores y la hormiga. Por eso amaba su creación y me realizaba en su divinidad, vislumbrando la luz definitiva en una realidad trascendental. El desapego a lo mundano debilitó mi cuerpo hasta enfermarlo, haciéndome sentir las primeras punzadas del dolor. Y en mi agonía comprendí que no ha de ser el cuerpo el amo del espíritu, sino el espíritu quien debe dominar al cuerpo, alimentándolo solo de meditación y amor. Durante meses tendí mi mano a los enfermos, compartí mi lecho con leprosos, hice creer a los escépticos y alivié las cuitas de los pobres. Y me convertí en un muerto en vida: una leyenda.

Pero el fuego del Señor solamente abrasa, no alimenta. Por eso expiré algún tiempo después, sintiendo el gozo de su acercamiento, y desde su extraño cielo contemplo ahora los pasos vacilantes de los hombres, que se pierden definitivamente sin mi ayuda.

EL REDENTOR

La brisa del otoño emulaba tras la lluvia el frescor primaveral, ese dulzor de lo que aún no está marchito pero ya empieza a envejecer. La tarde agonizaba cargada del aroma de los bosques, en connivencia arcana con la luz. Junto al altar el paisaje oscilaba en la transmutación del ensueño y la poesía, animado por el alma sensible del color, del sonido, de la forma y del perfume combinados en una magia de correspondencias olvidadas. Por múltiples señas diríase legible su pensar y audible su sentir, conformado tal mixtura una psique hermanada con mi espíritu. Yo estaba sumamente cansado, enervado por el hada verde, absorto en un bostezo de sopor y laxitud. Cada detalle que mis ojos contemplaban formaba parte de una entidad que había de fecundar, abriéndome paso entre sus pétalos y fundiéndome en un óvulo asexuado para favorecer así el Advenimiento. El camino era lánguido y crepuscular, un sendero hermoso y triste que aunaba cientos de pesares en una sola idea. Y entre sus éxtasis y ardores sucumbí fascinado a la alquimia sagrada de la inmolación. Pues obviamente era el Elegido, el padre de una nueva raza, y tal y como estaba escrito, solo de mi última simiente nacería el Dios Andrógino.

EL PENITENTE

Tan cruentos fueron mis pecados que opté por la continua penitencia para obtener así la redención. Disciplinas, abrojos y cilicios fueron desde entonces el sustento de mi alma, la esperanza hiriente de mi salvación. Durante años porté con arrobo el capirote de los disciplinantes y flagelé mi espalda con una furia que ningún otro asceta compartía. Mi arrepentimiento exigía la perpetua mortificación, la laceración de un cuerpo ansioso de dolor, que se extasiaba cada vez más en el martirio. Llegué a ser solo llaga y piel, el reflejo de una contrición sangrienta que todos despreciaron. Y al fin, tras lustros de dolor, la austeridad de mis costumbres fue la causa de mi muerte. Había ganado el paraíso ya en la tierra y ascendí custodiado por los ángeles al cielo. Pero habituado a repudiar el gozo y regocijarme tanto tiempo en el dolor, hube de bajar por mi propia voluntad a los infiernos para ser allí mortificado eternamente.

EL CREYENTE

He buscado sin fatiga el verdadero amor, un amor ajeno a lo sensual pero sentido, un amor profundo e inmanente a la conciencia. Acallé por ello el griterío de mi mente, para tornarla quieta y silenciosa, inexpresiva y permeable a lo sublime. Y he sentido en tal silencio la fusión, la inmersión inmaculada en la totalidad, donde el ser es inefable y absorbente. Desde entonces mi conciencia está ya limpia, liberada, y hoy percibe lo inaudible, la voz grave del infinito.

EL DISIDENTE

Enervado por mi mundo decidí una tarde despedir su turbulencia. El esplín, la frustración y la derrota detonaron en mi alma la explosión. Comencé por despojarme de mis falsos atributos y, purificado, quise hollar nuevos senderos. Con frecuencia tornábase abrupto el camino y se hacía difícil avanzar. Extraños individuos lo surcaban: misántropos y opiómanos, profetas, visionarios y suicidas. Y a todos llamaban disidentes. Marginados por la vida llamábanse a sí mismos *outsiders* y formaban una logia para defender sus intereses. Lo grotesco, lo perverso, lo esotérico y salvaje era su consigna, aunque cada cofradía lucía un estandarte. Caminé con ellos una parte del camino, pero pronto mis pasos se tornaron otra vez vacilantes. Hasta que una tarde, agotado por su mundo, decidí auxiliar de nuevo a mi conciencia. Una vez más me desnudé y emprendí el exilio. Descubrí entonces otra senda inexplorada y en ella me adentré sin que ninguno me siguiera. Pero todos me llamaron disidente.

EL MARTIR

Desde niño pretendí vehementemente alcanzar la santidad. Sentía en mi interior la llama del éxtasis ardiente y del martirio, un resplandor místico iluminando el esfuerzo de aquella obsesión. Laceraba mi cuerpo con cilicios buscando así la perfección, el camino directo al Paraíso. Caminé junto a los padres del desierto en su ostracismo, aguanté durante lustros el ayuno, desprecié lo material y alimenté la liviandad del alma con mis rezos, hasta que al fin confesé mi inquebrantable devoción a los paganos, sucumbiendo impertérrito y altivo a sus tormentos. Creí entonces redimirme en el martirio y me dispuse a ascender junto a los ángeles al cielo. Desde entonces la Némesis del fuego purga la inmodestia de mi presunción.

EL YOGUI

Me esforzaba en guiar mi mente por un solo camino, en tornarla fiel a mis propósitos y controlar después su mansedumbre. El sujeto y el objeto habían de fundirse en la entidad, ser la transparencia misma de mi alma. Pero, para ello, debía sortear primero la fuente del dolor y la ignorancia: el egotismo, la aversión y el apego desmedido de placer. El ego era el primer obstáculo a mi anhelo, la alucinación que desvirtuaba continuamente el ideal, impidiéndome alcanzar la pureza. Por ello planté en mi subconsciente la semilla del opuesto y comprendí que en la vacuidad está también la plenitud. Impuse a mi cuerpo la meditación y el ejercicio, la alquimia interior de la templanza que aniquila el intelecto. Aprendí después a discernir lo real de lo ilusorio, para descorrer los velos del absurdo. Luego silencié mi mente y logré escuchar la voz del universo, alcanzando así la beatitud. Y cuando finalmente me atreví a preguntar: ¿quién soy yo?, la voz de mi conciencia susurró: la entelequia de tu alma.

EL ELEGIDO

Desde hace algunas horas contemplas embriagado el perfil de la montaña. Vislumbras tras la roca formas caprichosas, simetrías imposibles. Y vagamente resuena en tu memoria el recuerdo de los Mitos: retazos de un mundo salvaje, de una tierra joven cuyos moradores yacen insepultos en un sueño liviano. Las formas aparentes son tan solo indicios de una civilización perdida, el perfil de algo que existió y aún puede renacer. Líquenes carnosos cubren las inmensas avenidas de basalto que se pierden en la niebla, de los muros fluye un ominoso resplandor y late con ritmo pausado el corazón de un ente dormido que desde hace siglos espera al Elegido. Sabes que a veces el sutil veneno provoca malos viajes, y aunque siempre hallaste el camino de regreso, hoy compruebas con horror que la puerta está cerrada y desde las tinieblas de tu mente alguien te llama.

EL ASCETA

Tras el desenfreno quise hacerme asceta. Frustrado por la alienación del progreso, anhelaba reencontrarme sin demora con mi Ser. Y emprendí así la senda hacia el destierro. Atrás quedaba, pues, el caparazón de una muda que antaño idolatré.

Caminaba en busca de un anciano que habitaba un eremitorio en un monte escarpado. Al cabo de un tiempo le encontré, concentrado en una visión a mí vedada. Al principio me ignoró y reanudó su éxtasis sin pronunciar palabra alguna. Pero con el paso de los días, ante mi insistencia, decidió finalmente instruirme.

No había pasado mucho tiempo cuando, desalentado por el rudo entrenamiento, pregunté:

—Maestro, ¿qué he de hacer para aguantar?

—No desfallecer —me contestó.

Y con mucha paciencia y esfuerzo seguí sus enseñanzas hasta que mi mente se elevó al fin sobre mi cuerpo. Y entonces pregunté:

—Maestro, ¿cuál es el siguiente paso ahora?

—Resistir —me contestó.

Y en lo sucesivo resistí obstinadamente hasta que al fin su luz me iluminó. Y entonces pregunté:

—Maestro ¿cuál es el ideal de los ascetas?

—Triunfar en la agonía —contestó.

Y seguí la voz de mi conciencia hasta que algún tiempo después, conquistada ya la sobriedad, tuve que asistirle en su lecho de muerte. Yo había progresado mucho, pero continuaba sin vencer. Él, en cambio, iba a alcanzar la santidad. Y entonces pregunté:

—Maestro, ¿qué camino conduce a la verdad?

—Yo jamás pude encontrarlo —contestó afligido—: seré epicúreo en el infierno...

Y dicho esto expiró entre violentas convulsiones.

IV

MONSTRUOS Y PRODIGIOS

Los monstruos son cosas que aparecen fuera del curso de la naturaleza y que, en la mayoría de los casos, son presagio de desgracias. Prodigios son cosas totalmente contra la naturaleza.

Ambroise Paré

EL HERMAFRODITA

Le vi por vez primera en el interior de un carromato. Junto a otros de su especie exhibía impúdicamente su desgracia procurándose el sustento. Se decía que algunas parturientas modelaban desde su propio seno sus horrores para venderlos al nacer. Niños bicéfalos y acéfalos, potros con cabeza humana, seres medio hombre medio puerco, mujeres con tres manos, con serpientes en la espalda, con apéndices vivientes y pezuñas de cordero, se unían en un gremio malsano para explotar dolosamente su desgracia. Él, en cambio, era un hermafrodita enigmático y hermoso. Condensaba en su ser todo lo sublime, el misterio original del demiurgo y la creación. Y aunque a todos parecía repugnar, ejercía sobre mí un magnetismo inconciliable. Durante meses fui a verle todas las mañanas a aquel sórdido museo, agasajándole y mostrándole mi admiración. Después también él se enamoró y huimos juntos de aquel antro insalubre. Así comenzó una comunión perfecta cuya miel nos deleitó durante meses. Hasta la noche en que, consumido por los celos, terminé con su existencia ambigua al sorprenderle yaciendo consigo mismo en una contorsión repulsivamente obscena.

EL MAGO

Entré en su tendejón al atardecer de un día lluvioso, abrumado por un vago sentimiento de congoja que se había ido adueñando de mi espíritu. En el interior todo era chillón y adamascado: los tapices, los muebles, los grabados y aquella esencia empalagosa de perfumes exóticos. El mago observaba mis gestos con suma languidez, recostado sobre una otomana elevada algunos centímetros del suelo. Su voz era aguardentosa y ronca y fluía sin apenas movimiento de sus labios. Entonces, al mirar en su bola de cristal, vi amplificado el interior de mi cuerpo: mis órganos latían con pesadas convulsiones, mi sangre corría rauda por mis venas y se retorcían mis intestinos en un movimiento cansino y torpe. Todo parecía seguir un orden correcto, anatómicamente sano. En cambio mi corazón presentaba algo anormal, una mancha apenas perceptible que él amplió con un chasquido de sus dedos para dar luz a un gusano de cuerpo cavernoso que lo devoraba lentamente... Salí corriendo de aquel tendejón espectral y en los días sucesivos fui asistido por los más insignes cirujanos, que confirmaron, tras un reconocimiento minucioso, el perfecto estado de mi corazón. Y sin embargo yo creía escuchar a aquel gusano horadando por dentro... Durante algunos meses me atormentó continuamente aquel eco. Por eso regresé al callejón donde visité al mago tiempo atrás, aunque los vecinos afirmaron que jamás estuvo allí. Desde entonces la hiperestesia figurada y el pavor me transformaron en un perfecto hipocondríaco. Hasta que, súbitamente, un infarto de miocardio terminó con mi obsesión.

EL CENTAURO

Escuchamos en la lejanía un rumor sordo y creciente, el trueno de una doble tempestad, y en el horizonte una nube de polvo hinchada precedió la llegada de los invasores de allende. Cayeron sobre nosotros como el viento, sembrando en nuestras filas el terror con largos cuchillos refulgentes y báculos de fuego que herían desde la distancia. Pero, aún más que sus ingenios, asombraba la anatomía de sus cuerpos, fusión de bestia y hombre en un solo perfil. Su aspecto era fiero y espantoso: lo que parecía ser un hombre demediado, se enfundaba en una carcasa cegadora sobre la que rebotaban nuestras lanzas. Su cara apenas era discernible, oculta tras una profusa mata de pelo desgreñado. El término de su espalda se fundía con la grupa de la bestia, de enorme vientre y ojos destellantes. Era ágil y fuerte y varias veces la vimos saltar sobre nuestras cabezas impulsada por sus patas traseras. Aturdidos por su magia y conscientes de su poder, nos postramos frente a ellos sin ofrecer apenas resistencia, prestos a idolatrarles como a dioses. Y entonces sucedió el mayor de los prodigios: uno de ellos se acercó hasta nuestro grupo y ante nuestra mirada se escindió en dos partes sin esfuerzo, quedando bestia y hombre separados y aumentando así nuestro pavor. Su voz era ronca y cavernosa. Su nombre, Hernán Cortés.

EL NEÓFITO

Coronando el cementerio se erguían las ruinas de una extraña construcción, una especie de eremitorio devorado casi en su totalidad por la maleza. Tras circundar sus muros y comprobar que no existían más accesos, descendí por unos escalones que se perdían en la oscuridad de un subterráneo. Casi a tientas me adentré en una cámara de techo abovedado por la cual se deslizaban grandes ratas y llegué a una cripta en la que algunos sacerdotes oficiaban una ceremonia antigua. Uno de ellos se acercó para explicarme los arcanos de sus ritos y mostrarme aquellas ruinas. Caminamos un buen trecho por angostos pasadizos iluminados por antorchas que distorsionaban nuestras sombras. El aspecto del prelado era sombrío, embutido en una toga de satén verdoso que acentuaba las curvas de su cuerpo y tocado con un bonete que ocultaba en parte su rostro. Parecía impaciente por poner fin a aquella visita, mientras pormenorizaba entusiasmado los detalles de aquel culto siniestro. Fue al regresar a la cripta principal cuando sentí algo desgarrando dolorosamente mi espalda. Mi acompañante se ofreció raudo a extraerme aquel objeto jaspeado que, una vez en sus manos, engarzó junto a otros parecidos de una cadena que pendía de su cuello. Y por su esperpéntica sonrisa comprendí que ese precisamente era su precio y que, de algún modo, un inquebrantable lazo me unía para siempre a aquella orden blasfema.

EL LEPROSO

El leproso agitaba las monedas que llenaban su escudilla junto a la puerta del templo. Su rostro estaba cubierto de pústulas sangrantes y gruesos forúnculos de color violáceo. Recostado en una esquina exhortaba a gritos la caridad de los feligreses que entraban y salían de la iglesia, supurando por la boca una espuma repugnante. Los harapos que cubrían su cuerpo dejaban ver aquí y allá algunas partes de su piel, purulenta e irritada. Un observador atento quizás hubiese descubierto una tira de paño anudada entorno a su cuello, apretando su garganta para dispararle la sangre hacia el rostro. Pero era tal su aspecto nauseabundo, que nadie se demoraba en su contemplación. Por el centro de la plaza, entretanto, un alguacil se dirigía hacia el templo, acompañado de dos fornidos guardias que se abrían paso entre la multitud. Al llegar al umbral del arco bajo el cual mendigaba el leproso, ordenó despojarle de sus ropas, desatar la cinta anudada a su cuello y lavarle el cuerpo con agua jabonosa. La gente se había comenzado ya a congregar a su alrededor, intentando averiguar la intención del alguacil, que contemplaba ceñudo el quehacer inmundo de los guardias. Paulatinamente, con las friegas de jabón, comenzaron a desprenderse las costras y granos del leproso, mostrando un cuerpo lampiño y sin ningún defecto. El alguacil interrogó allí mismo al impostor y, tras obtener la confesión de su delito, ordenó a los guardias impartirle cien azotes. Esa misma noche el pseudoleproso expiraba en su redil con el cuerpo desollado por el látigo.

EL NECRÓFAGO

Cubría presuroso el trecho que me separaba de mi hogar. Pese a ser la noche serena y estrellada percibía algo siniestro en el perfil de la luna, cuyo halo se hacía de cuando en cuando intermitente con el paso de las nubes. Mis botas parecían entonar sobre el sendero una cadencia fúnebre, acompasada por los gritos de los chotacabras del bosque, y mi inquietud se acrecentaba al acercarme al cementerio en el cruce de caminos. Teñido por la argentada luz lunar divisaba nítidamente su interior, salpicado de cipreses centenarios que hundían sus raíces en la oscuridad de las sepulturas. Un agudo escalofrío recorrió mi espalda cuando las nubes apagaron la luz de la luna y escuché un eco cercano en el interior de las tumbas. Luego, un ronzar entrecortado, como de huesos que se astillan... Y después, al iluminarse de nuevo el cementerio, le distinguí junto a una cruz, devorando el amasijo informe de un difunto: un ser esquelético, fibroso y albino, bajo cuya cabellera refulgían dos ascuas de fuego. Vagamente, sin embargo, recordaba al hombre, aun siendo bestia.

Más tarde, ya en la aldea, al describirlo con espanto a los mayores, supe que la decadencia y el incesto degeneraron tiempo atrás en aquella estirpe de la cripta.

LA BRUJA

Desde el interior del pentagrama la bruja invocaba arrebatadamente a su Señor. Sus cabellos blancos se enmarañaban alrededor de un rostro marcado por la paranoia y la locura, tembloroso y ardiente pese al frío. La luz vacilante de tres cirios dispersos iluminaba la estancia, llena de frascos y libros polvorientos. Aves y reptiles enjaulados, restos de cadáveres, hornillos y redomas, volúmenes de cuero, morteros de oropimente y rejalgar, de acónito y belladona, bebedizos de estramonio y cornezuelo y algunas prendas remendadas se amontonaban sobre una gran mesa que ocupaba el centro del cuarto. El reloj de arena marcaba silencioso los minutos mientras ella pronunciaba un ritual de frases guturales e inconexas, poseída por un odio inconciliable hacia aquellos que esa misma mañana habían amputado su mano izquierda acusándola de un inexistente crimen. Una vez pronunciado el conjuro, comenzó a materializarse en las tinieblas de la estancia una presencia híbrida y bituminosa, que lentamente fue descendiendo sobre el pentagrama. La bruja abrió entonces su piernas estebadas y entornó los ojos para recibir de lleno a su mentor. Solamente unos instantes duró la dolorosa posesión. Pero a los nueve días de haberse consumado, una muerte roja e implacable se abatió sobre corazón de sus verdugos.

EL PARRICIDA

Sangre, convulsiones y la liberación de un falso yugo. Así acallaba para siempre el eco de su voz, sus insultos, sus lamentos y sus quejas infundadas. Me sorprendió, incluso, la facilidad con que todo acabó. Y tras la tormenta sentí un pausado gozo, la calma del bienestar que me infundía lo injustamente detentado. Aunque no eran más que efímeros títulos, pues pronto las tres Furias se abatieron sobre mí desde los abismos más oscuros de mi mente: Alecto, la insaciable, a la que nada calma; Tisífone, el salvaje huracán de la venganza; y Meguera, el espíritu del odio más atroz. Enfundaban su piel en túnicas negras muy ceñidas a sus cuerpos, sobre las que se enmarañaban cabelleras de serpientes ávidas de sangre. Durante horas fui víctima de sus más refinadas perversiones y sufrí el tormento de una prolongada agonía. Y después, cuando al fin creí sentir el abrazo liberador de la muerte, hube de expiar mi infausto crimen por la eternidad, al engrosar con lengua viperina los cabellos sibilantes de Meguera.

EL AOJADOR

Se llamaba L. y fue destinado a nuestro pueblo para sustituir al maestro, postrado a causa de una grave enfermedad. Era un hombre enigmático y escuálido. Tendría unos cincuenta años y tanto su piel como sus cabellos eran de un color cetrino y deslustrado. Tal vez fueran todo coincidencias, pero lo cierto es que desde su llegada los niños y las reses comenzaron a languidecer. Hechos que llenaron al pueblo de estupor, sembrando en el corazón de los vecinos la semilla del odio y de la duda. Un detalle crucial jugaba en su contra, haciendo recaer sobre él las sospechas: tenía la vena del entrecejo en exceso prominente y abultada, lo que tradicionalmente delataba en nuestra tierra a los llamados aojadores. Poco después las cosas se agravaron con la muerte del nieto del alcalde, que confesó en su lecho que el maestro le atormentaba noche tras noche en sus sueños. Esa fue la gota que colmó el vaso al respecto. Poco después lo apresaron, comprometiendo aún más su situación los extraños libros y utensilios que encontraron en su cuarto.

En la plaza se hizo una gran pira sobre la que incineraron al maestro, que para el asombro de todos no se quejó ni gritó al contacto del fuego. Solo él pudo confirmar o negar su culpa y no lo hizo, lo que fue considerado prueba fehaciente del crimen. Lo cierto, en cualquier caso, es que desde entonces los niños y las reses más endebles recobraron la salud.

EL VIDENTE

Caminaba por el bosque sumido en pensamientos no muy gratos. El viento helado anunciaba la llegada del otoño y en las cumbres los árboles comenzaban ya a cubrirse de rojo. La tarde declinaba velozmente, teñida por las brumas sangrantes del ocaso, y se desperezaban con gemidos lúgubres las criaturas nocturnas del bosque. Cerca de la senda un grupo de sabinas tapizaba la falda de un risco escarpado, erigiendo sus copas fantasmales hacia el cielo carmesí. De sus enhiestas siluetas se elevaban sombras vacilantes animadas por un aliento malsano. Y fue entonces cuando, enervado por una indescriptible pesadez, contemplé apostado en el camino los arcanos de los druidas. Sobre un pilar de piedra yacía maniatada una joven virgen cuyos lamentos se fundían en el ritmo de varios tambores. Junto a ella, el Sumo inhalaba de un brasero un vapor cetrino mientras los acólitos danzaban a su alrededor. Alcanzando pronto el éxtasis, arrancó de una sabina un puñado de muérdago y dibujó con él un círculo sobre el pecho de la joven. Después, empuñando su cuchillo, elevó su rostro al cielo y, susurrando en trance algunas preces, hundió la hoja en su seno. Pronto estuvo desollada y sus vísceras se repartieron entre los cofrades. El corazón quedó reservado al Sumo, que tras exprimir su néctar lo engulló sin masticar. Luego cesó el febril tan tan y aquella visión volvió a fundirse entre las sombras del infame sabinar. Era el momento en que el ocaso comenzaba a extinguirse y yo recuperaba paulatinamente el movimiento.

LA ENDEMONIADA

Bajo el umbral de la puerta del templo surgió de entre las sombras el perfil del sacerdote, un hombre joven y robusto que portaba en su mano derecha un maletín de cuero deslustrado. Su rostro era profundo y espiritual, y denotaba la huella de pasiones contenidas, pero, al mismo tiempo la determinación del que ha sido iluminado por la fe. Un anciano le condujo a la celda donde habían recluido a la posesa, una hermosa joven víctima de las argucias del Malo. Descansaba en la penumbra reclinada en una esquina y al ver al sacerdote mostró la furia de su transmutación, el reflejo de la dominación del íncubo. Su cabeza dio tres vueltas completas sobre su cuello y una risa estertórea salió a través de sus labios cuarteados. Sus ojos, de puro fuego, contrastaban con los del sacerdote, no menos brillantes, pero animados por distinta fuerza. Él sacó de su maletín un hisopo plateado y una cruz, y ante la mirada rabiosa de la poseída comenzó a recitar el exorcismo. Cien mutaciones horribles sufrió entonces la endemoniada, en cabra, murciélago y reptil, y otras criaturas innominadas. Hasta que al fin, tras una ceremonia agotadora y cruenta, el íncubo fue expulsado de su cuerpo. La posesión había terminado y la joven despertó como de un profundo sueño, sin recordar nada de lo acontecido. Pero al salir por el portón de nuevo, una sombra ladina e incorpórea se infiltró en la piel del sacerdote, que esa misma noche fallecía en su parroquia víctima de los más inenarrables tormentos del Oscuro.

EL ZOMBI

La luna destella con un brillo enfermizo, proyectando una luz que aunque ilumina no calienta, una luz para los muertos. El porteador y yo nos abrimos paso en la maleza a golpes de machete. En la selva acechan cientos de alimañas a la espera. El calor es asfixiante y húmedo, se condensa y nos engulle en un insoportable abrazo. El porteador no está tranquilo, le inquieta el insistente gemir de los tambores en la umbría. Prometo doblar su sueldo si cazamos al leopardo y accede tembloroso. Avanzamos por un cenagal que nos cubre hasta los tobillos las botas mientras los tambores acompasan el ritmo acelerado de nuestro corazón. El limo nos llega ya hasta la cintura y nos agobia y oprime. Súbitamente el porteador desaparece bajo el fango y se retuerce durante un instante en lo profundo. Y corro hacia la orilla sintiendo la viscosidad de algo que se enreda entre mis piernas, que emerge lentamente del pantano, un cuerpo deforme al que disparo varias veces con mi rifle. Pero aún así, cargado de balas, me atenaza con sus garras sumergiéndome en el barro que es su hogar, en el calor de esta ciénaga que será también mi hogar...

EL ESQUIZOFRÉNICO

Tenía veintisiete años. Era un muchacho delgado y sumamente inquieto, afectado de síntomas psicóticos y claras tendencias paranoicas. Durante varios meses acudió a mi consulta con la certeza de que algo malo iba a ocurrirle. Aseguraba que su organismo estaba siendo atacado por un hongo que fagocitaba sus entrañas, aunque todos los análisis y chequeos que le hice no revelaron ninguna anomalía al respecto. El cuadro era, pues, propio de un esquizofrénico: aumento del pulso y la sudoración, pérdida del apetito, desmayos, delirio y ansiedad. Intenté tranquilizarle restando importancia a su obsesión y recetándole algunos medicamentos placebo. Ciertamente, era todo lo que en su caso se podía hacer. En lo sucesivo sus visitas se hicieron cada vez más esporádicas y los síntomas de su enfermedad parecieron ir remitiendo. Una noche, sin embargo, llamó a mi casa enloquecido, asegurándome que el hongo le estaba devorando por dentro y suplicándome que fuera sin demora a verle. Tardé poco más de media hora en llegar. La policía y los vecinos se agolpaban en la calle alrededor de mi paciente, que presuntamente se había arrojado por la ventana de su piso hacía solo unos minutos. Yacía muerto sobre la calzada, confundido entre una masa de moho aterciopelado y blanco, teñido por el fluido verde que manaba aún de sus heridas.

LA ARPÍA

Desde el refugio vimos descender a las arpías, más veloces que los pájaros y el viento. Era cierto, pues, lo que contaban las leyendas: buitres con rostro de mujer y vientre ponzoñoso, pálidas por una bulimia inconciliable, fétidas y vocingleras. Mientras devoraban el banquete que habíamos dispuesto entre los juncos, los rastreadores se acercaron con sigilo para iniciar la cacería. Durante algunos minutos las observamos comer llenos de estupor, insaciables y hediondas. Luego, a mi señal, nuestros rifles vomitaron una lluvia letal de balas de plata. Sucumbieron tal y como el viejo brujo aseguró, chillando de modo grotesco en un pandemónium de extrañas mutaciones. Las arpías, las que raptan, las que ordeñan a las nubes, habían picado el anzuelo. Y yo añadía a mi colección el trofeo más valioso. Embalsamamos sus cuerpos acribillados a balazos para evitar así su descomposición y tras un largo viaje llegamos de nuevo a casa. El taxidermista hizo un buen trabajo. Doné algunas a los museos más insignes de mi patria y reservé la más esbelta para colgarla sobre la chimenea de mi salón. Había ganado la batalla. Sin embargo, el brujo obvió comentarnos un detalle, uno de los más terribles poderes de aquellas criaturas, que pronto hube yo mismo de experimentar: la de atormentar impíamente los sueños de su verdugo una vez muertas.

EL ANTROPOFÁGO

V. M., senderista, partió de la ciudad con el albor de una clara mañana en primavera. Durante algunas horas caminó pletórico por las sendas intrincadas de los bosques, surcó valles profundos y ascendió suaves colinas hasta que, fatigado, tomó asiento en una roca para entregarse a la magia del paisaje. El vasto panorama que dominaba desde su atalaya, la caricia amable del sol primaveral y el simbólico lenguaje del silencio le mantuvieron absorto unos minutos hasta que, ya cercano el éxtasis, escuchó a sus espaldas una voz, el saludo de un joven pastor con su rebaño.

Dos horas más tarde ambos compartían un suculento guiso en la cabaña del zagal, un cobertizo rodeado de abedules en las postrimerías de un collado. Comieron, bebieron y charlaron demorándose tal vez más de lo debido, hasta que el pastor dejó solo unos instantes a su ligeramente ebrio convidado con el pretexto de poner a buen recaudo a su rebaño.

De no haber sido por su abotargamiento, V.M. quizás hubiese reparado en la macabra disposición que con algún sencillo ajuste pudieran formar los huesos de aquella deliciosa carne en su plato. En tal caso, el sopor de la comida y el vino se habría disipado y tal vez le hubiese dado tiempo a reaccionar. Pero no fue así, y acomodado muellemente en la banqueta recibió un corte profundo en el cuello. La sangre se deslizó voluptuosa hacia su pecho, la vista se le nubló en breves segundos y al fin se entregó a su último sueño sin apenas ser consciente de nada.

Jamás volvieron a saber del senderista V.M. Salvo, quizás, el agradecido estómago de algún otro viajero incauto al que el azar deparó la misma suerte.

ÍNDICE

9 788412 160253